巧
合

晚安早晨

亚述 著

上海文艺出版社

目录

第一辑　升空号

夜晚，我帮助着你　　3
说，一个仁慈的泪花　　5
这一年　　7
一整个　　9
夏日沟壑，橘色　　11
那时鸟鸣　　14
升空号　　15
在肖南家　　17

第二辑　领着黑夜

早晨　　21
早晨已经不多了　　23
子夜在窗口咕哝　　25

坐下来，不要动　　27

盛世，开幕式　　28

喝夜　　30

亚述　　32

地心　　33

第三辑　晚安早晨

我穿过雨　　37

阿芙罗狄忒之星　　38

晚安早晨　　39

逐渐　　40

天空　　41

我看见巨神　　42

斜面　　44

路　　46

钱　　48

血字　　50

眉间尺　　51

航船　　52

书店　　57

船儿（to treasure）　　59

给大卫·格雷伯　　61

给三七　　63

致太阳　　65

野兽　　67

赞美诗　　68

飞毯　　70

噢我看见人类精神绝望地飞升　　72

如果蛋糕就化用了足够多的伤感　　74

第四辑　生手

出场　　79

祝词　　81

旅程　　84

海胆一样墨绿的月份像被海水蜇住　　86

肥皂　　87

语词本身不暖，语词的磷　　89

你剥开锡纸点上　　91

书店日记　　93

在浦东的原野上像个瘸脚兵士　　94

你知道终将都告竭了，河流　　96

要陷入悲伤是多么容易　　98

第五辑　绍兴路宇宙

给肖蕊　103
致 A（黄钟）　105
第一首诗　106
绍兴路宇宙　108
武士片段　110
等到邻居们也都成为邻居　111

第六辑　新年集

新天使　115
象征　117
夜邮　120
牧羊人　122

第七辑　夏日纪事

客村日记　　127
抵达　　131

附录：维索卡·戈拉的诗

下雨了，郊区姑娘　　135
你走吧，这里的早晨有雨　　136
上帝，我是你昨晚输错的一串密码　　138
我总是梦见你在坐牢　　140
闪电在午夜令种子灼熟　　142
爱一旦怯懦　　144

第一辑　升空号

2023

夜晚,我帮助着你

夜晚,我帮助着你
不把沥青倾倒
到自己身上

天空有一种突变
它携带影子从很远的地方
来拜访我

远古的下午——
人们在那里分离、走散
再未遇见

那最深的温柔
应该被覆盖
进火光。不再说出

就像血不再
被说出来。

说，一个仁慈的泪花

今夜放下。
今夜加快步伐放下
从今哪儿都去

像个梦一样被击中
它睡在酒窝里，消瘦而红润
在时间里慢慢喝自己的血
为了活下去，
喝黑色的裙裾

雪船。拦腰而行，
以腹腔阅遍大地

喉咙的桨叶在水肿中开足
在舱底。慢饮,喝尽

这一年

这一年
已适应良好
的陌生

刮呀，擦呀
总感觉冷。
反复整理凌晨。

试验性地
截取
一段夜曲

在路灯飘浮中
枝杈张开了,永恒
我穿上命运。

一整个

一整个——
又一个夏天,骑着
假热烈

丢掷——从石化的瘀斑
脱下的壳
铺到半路

园艺工人喷洒
扇形药雾的晶亮
侧躲——

进入一个歌单
如果有葬礼,
就一直一直哭。

夏日沟壑，橘色

夏日沟壑，橘色
消防红的工人
偶尔点亮了一下

夏夜。（在搜集
糖、贫血和盐
飘过来
一阵橙和鱼肝油味

生活里低微的养分。
善良的，
音乐的养分

它，）从未向你发出邀请
噢路过的女人
苍白，苦
梨一样的脸

我看过的夏夜，
送冰的人用铁撬
勾住一块巨冰

像台风的直角
（在劳动的夜上，）滑行

我,
看过的夏夜是不完整的
在殖民星球上持续不断返回。
既未被驱逐,也不允许离开。

那时鸟鸣

那时鸟鸣在一个边界上
雕琢。时间的喙

颗粒们窸窸窣窣发亮
如黑暗含着我们下坠如树叶
覆盖我们翻身服下黑暗

升空号

拂晓公园。雾港中
那时天空以其全部光亮
为笔直的树皮
披上一层白银。

亭子让露水更湿,让笑语更轻盈
独裁者的脸在凌晨时瞪大眼睛
被用来垫坐在露水上
那儿总有一棵树守在拐弯的地方

冲着我的无知微笑。很久以后
我试着让那条连夜走完的马路升上

天空。洒下泪水透明的甜味
然后我就要和你走丢了

在一面墙上,再好也只多看一眼
凭着爱好而闪烁
眼睛关不上穿过无数无数个暗夜
后来你熄灭了也是生命。

在肖南家

你来这儿躺下像精灵
躺进黑暗
棉花。皂荚的清芬

在饭厅里,
壁灯彻夜不熄
守卫

餐边柜。那是迎春花使者
噙住黑夜

未来岁月在头顶隆隆驶过
它们还不着急到来!

第二辑　领着黑夜

2022

早晨

太阳移过来了
在衣柜上。率先打出一个音标
夜的淤青下
鱼在沉默中继续涌动

早餐还在黑暗里预备
冰箱指示灯,弹出冷的嘌呤

不吃的时候
每次开门在叫
救回来

天空撑着古代就开始的沉默
撑着在电线上坐下来

早晨已经不多了

夜晚啃得只剩鱼骨头在碟子里
你们陪我颠簸着从灾异星球回来
在无言中发送鱼骨做成的班车
为了去往一个可以躺下的地方那里
曾有那么多彻夜难眠
在熬制,如果从行星轨道看下去
那么渺茫的东西
人类的餐盘,好笑又认真
我们总为那个时刻虔诚地举起筷子

后来我再次回到这里
时间翻成了三倍

所有日期都自动曝光了一次
重新显现为你在的时候

我在每一个路口都停下来
测算，但不会有那时的答案
后来我淹没在祝福里
却忘了说那祝福是什么
夏天被弹子球一样击中
弹出三倍多的时长
却没有感激，只是一寸寸往前
量着。
在作业尺上涂抹，
汗一样的红色是血。

子夜在窗口咕哝

子夜在窗口咕哝
茶水和烟,泛滥得像高烧

你从这里的窗口和夜
打声招呼,夜你也不自由了吗

夜不回答但整夜都在外面
游荡得像野兽,换季像皮毛

你毛茸茸的爪子伤害过春天吗
你黑色的咕哝在门环上滚着

失眠的茶水沸腾
夜,你不如带走我吧

坐下来,不要动

坐下来,不要动
享受自己的骨骼
抵住箱子、沙发
完完好好每一秒钟

世界在外面
舔自己的眼泪
在一个庞大的眼球上

我们安坐自己的家中
坐下来,不要动

盛世,开幕式

盛世,开幕式
比不过一根锁链
你粉饰什么,它击碎什么

那一根锁链甩到脸上
孩子生出八个母亲

一件破衣服挂在
残山剩水之间,
我不愿意进入新的纪年

世纪在探照灯监视下的

尸骸的黑暗,在托举

为什么不停一停
配得上,什么祝福

喝夜

喝夜。黄水晶喝下
茉莉蒸气
远方格列弗穿戴整齐
从一块飞石降下
挽住一只鹿在街道散步

剖开漫长的五月
海洋一样静默
沿途路灯都立住了
灌注奇异的力量给你

你几乎忘记要把龙收回来

现在你走回来,进入爱人眼睛
那甜蜜倦怠的药品

你喝下黄水晶的茉莉
如此快乐!
海妖捉住一绺头发
抹上盐,在林间忘我清洗

亚述

我是微信亚述,不是来自那片平原
〔幼发拉底与底格里斯流域之间〕的闪族人
我住在公元 2022 年东部一小块时间的沼泽
每天在旷野上和荒芜的树木交缠
以痛为食粮,以十个手指抠住时间的岩壁

我已越走越远,远远超过来时的路
是四月的命运让我来到这里,与爱的正路
　　走散

请赐我痛得下去的基石,稳住我!

地心

最后一眼望出的地方
几星灯火,房子里有人低语
市镇在眼前连缀如火山的项链

你不妨摇晃、裹紧
语言贫乏的头巾
在下坠中渐渐缩小
重力和知识形成的包围

你将失去血,
并用那种失血的语言质询
难道沉默真是一种清白的证言?

历史含着水银沉默不语
多么多的沉默啊

世代如落叶,
我们将在人世相互梦见
风中的基督
晚归时叮当的铃鼓!

月亮,指着你……是没有用的
你将向下,一直飞往地心
但在世界的肚皮上你不会遨游
黑夜正盖住大地和天空

第三辑　晚安早晨

2020—2021

我穿过雨

我穿过雨,回到住所
永恒我穿过雨回到

你、美丽和忧郁
分割了我飞逝的日子。

我们会有许多许多
地毯和音乐,并发明爱

阿芙罗狄忒之星

像宙斯一样派你去宇宙里做一颗星星。
虽有光辉传到眼睛里,却足够遥远。
我不介意看见你就如同忘了你,
你是属于宇宙的事物不会扰乱我们。

晚安早晨

晚安早晨
早安,原装未拆的夜

浓黑箭镞。原路返回到弓上
世界多么繁密。
鸟鸣穿过电线撑起一个光的拱门

逐渐

虎吻一样落在梦的鸽子上
紧密的是 M。
（雨留在纸张里）
夜晚是一支部队
在大雾中行军

那些在黑暗中反复擦了又擦的
逐渐都长出了根须

破晓会来摘下黄色的铜。
我们会离最初听见的
越来越遥远

天空

周围越来越黑化的纤维
我们挖出一条银河

现在,你徒手拉着缰绳
在天空铺开了驰骋

前方是一望无际的自由
第十个恋人已经分手

我看见巨神

——给昆鸟

我看见巨神
男男女女,将他们的一生
荒废在某种平原上

有些兴奋地举着镜子
擂起粗鲁的鼓点
就放任自己冲下悬崖

十二月,剪去枝丫
空气里有狩猎的欢乐

时间白化过,发亮
大地在脚下接住寒冷

对着事物莫以名状地欣喜
长长吐出一口白烟

我,漂浮在夜的宝船上
记录的都是远古……
世纪,太漫长了
却有一颗流行的心

斜面

Leur cœur se balancer ...

我又听见耳中的刻度
世界,滚动在一只球上
被推搡着不能停
压过每一面空白

都是我意义的起点。
而起点又连着新起点
在旋转中我登上斜面。
俯耳听过去的刻度,

每次接近只是完成的一半。
像个被距离烤焦又缩小的
西绪福斯,夹鼻眼镜上的甲虫
聆听墙壁和隔壁大海的潮汐

我能期待一个非斜面吗?
噢哪里是欢乐,哪里有爱?

路

喉咙里长出悔意那天
悔意,而不是悔恨
在我坚持的谬误里
有一种温甜,我不退避

固执的底座热烫
用不悔改撞得火星四溅
烙印在胸膛上,神的纹路

路人
让我们缄默,合十
不打磨的那个形状

已日益是形状
真理就滚动在不在乎里

修辞都过滤在痛中
忽冷忽热，不规则
而永恒总是新鲜的

管子里挤出那点绿色
债务的绿色，生命赤裸在亏欠中
已没什么回环

钱

朋友,谁不是这世上乌泱泱的人形呢
在夜晚的街道上
跨过我们称之为酒精、呕吐和中间过渡物的
　　那一摊东西
(失败了;然后黑夜无穷无尽)

然而,你是我称之为痛苦的
那种非等量交换物;
每年一度在等待着的那笔坦塔罗斯之钱

如今痛苦的不是人被消失,
而是监视器里景别的消逝……

在人尽皆知的处境里花儿饿得更绿

我还是知道啊,我有一颗多么收不住的心
年轻是什么;岁月是什么?

直到很久以后一只脚已经迈出去了,
我进入另一段岁月……
另外的我还是会留在这里解决燃眉之急

血字

——给石头

反正我每次都会弄错
那些肉乎乎的情感
后来,都变得形销骨立

生命中有反复抛掷的骰子、
反复错过的火车,
却没有被反复辜负的生命

生命,谁还记得最初一次次呼喊
在天边写着血字?

眉间尺

——2020 年 2 月 5 日

但在一个瞬间我坐在一个冰的窟窿、一个
火的窟窿、一个血的窟窿上

好多人在我身边爬过,折断肢体、腐烂心肺

原本想去太空
冻一下我的脑髓

但我提着头,过去,跟它们煮在一起

航船

一

我是航船,在无尽的海上漂游
但也可能明天就是尽头。
我运载,发射,我是陆上被人推搡着的拼装火箭,
在不情愿的时候驶入海面。

我运了些什么?一些生命力的货物
订单压在货舱里,买主都已模糊。
我有几个水手?一些旧恋情
我去过哪里?一路黑漆漆。

我曾停靠过光明的港口,但那时我不认得
我一直迷信明天还有机遇、好运、光明。
今晚在这个可怖港口,我想说说话
疲惫的吃水线在身下洗刷着,罗盘在黑暗里
　　犹疑

我明天去的地方有一些新的东西要出现,
但今晚这拖动在舱底成吨的黑暗没人看见。
说出来也没人看得见。

二

我是航船,曾驶入一片白色地带
为我裹上阿拉伯人长长的罩袍,
让我像一艘灵船,在白天也可以静静地航行。

我曾驶入永生

那里没有雾
没有火和羽絮
没有金属,没有心
适于踩踏的地质层
没有重力,适于握持的
明晃晃的工具

冷光闪向我

瞳孔括散着一个疑惑：
这无声的背面有谁？

没有明暗对比。
成吨漾动着的寒波
在回答，射线在持续不断
拖着我困入蓝色。

三

我是航船,颠簸在赤道印度洋焦渴的海上
贸易风推动我,分开海水咸热的肌理
大海折磨我,让我觉得它像个懦夫
我们相互嘲笑对方怯懦,就能增添出勇气?
邻近部分的崩塌,就能衬托出你傲然立足的
　　陆地?
我不知道,我仅是航船,
不能升降,不能垂直飞行
在水平海域上,我昨晚停靠的地方
现在有一个女人坐着在代替我喝酒。

书店

——致又合、远方、阿克梅、开闭开

书店。最后一艘船
载着我们穿过鬼门关
这没落、致命的世纪。犹如
卡在喉咙里的一块方糖
我们因为期待而吃它,
又因为苦而咽不下
磕着,碰着,咬破嘴里
带血的泡。

在这个世纪我们病友一样相识,隔空而望

企图传播知识和美好给世人
在虚无的惊涛骇浪上——
我们全部的罪恶：贩书为生
四家书店。在颤巍巍的甲板上
一起捆着、漂浮着
一艘不大不小的船
是我们的新船！

关于我们交好，世间溢美之词已说尽。

船儿（to treasure）·

在我人生的中叶，一只小船闯入怀里
安睡如世纪——

那孩子是透明的。叫船儿
胖胖的，轻盈得像一个梦，抱在手里。
眉毛上薄纸的乳痂。小小的，
在梦中嬉闹，痴笑，忽而惊惧。
鼻翼翕动着，温柔小心翼翼抓取，
巧克力色的船儿和锚

---

* 江涛和小七的孩子小名：船儿，取自《加勒比海盗》。5月23日，我第一次抱着一个人类的婴孩在怀里，神迹！

一齐搅拌你,融化你
那孩子托在空气里,是露滴、糖
末药和乳香
同时是一朵和许多朵棉花云。在安睡

雄鸡的冠顶在头上,随时准备啼鸣——

给大卫·格雷伯·

我喜欢真实

拖住时代的轭的人

当了抢劫犯

还坐在牢狱中读哲学

并认真获得了学位

还有坦率推动自己

被大学开除的人

指出狗屁工作并且

---

* 原题作"给格雷伯和斯蒂格勒",第一节即取自斯蒂格勒的经历。后经诗人王炜提醒,二人并不适合并列。

和"百分之九十九"在一起
和最黑的熔渣在一起
温和地在地底奠基未来的人

努力在没办法时
也还有方法坚持
将腐土拽起来清理的人

大卫,你苍白的脸
疲惫不加修饰地闪耀在黑暗中
一种没有经过煽动的铭记
贴近我们黑暗的心
激进地变革
并忽然折断——
这一天我们该去哪里
季节忽然隐匿

给三七

一个朋友风一样骑过去了。夜
许多人消失了
漫山遍野,在夜里

即我们不再依赖相认、见面
来辨别对方出现
那我们依赖什么呢,诗吗

诗也消失了。只印在书上,在一阵晚风里
在我同行一场无人光顾的诗会上

我们还会消失很久

诗。还要很久才回来

让我们等待。像夏天的花裙子在漫山遍野里

致太阳

太阳,你要振作
笔直直看住命运
看它怎么在你面前躲闪
如鬼祟之人的周旋

有时厄运飞来,黑夜笼罩
有时你躲进云层,藏起辉光
世上的坏消息全插上翅膀
要和你比赛,谁先飞进天堂

我时常记住你的教诲
把万物都联系起来

别忘记你放之四海的使命
地上寒冷的生灵是你的责任

太阳,你要做太阳
诗人,你要哄一哄太阳!

野兽

秋天竖立起来了。
野兽从一张长椅上起身
它将拎着一袋苹果来看我

赞美诗

有时他以为自己有另一个头
在另一处飞行,而人人都有一个碗
人就活在一个碗的直径里,
而他的直径是一本书到另一本书
他企图在地球上站稳,匀速的夜

他有一个加速的下午
如果他攥着手,手掌一定是温热的
如果他笑,血就一定是甜的
只是不说出来。

如果他是美洲豹,就绝不在发情时写诗
也不会在生与死的丛林被开一张罚单。

飞毯

来一块亚述飞毯
飞过现在

天空倒过来
以后是可以触摸的阶梯

每攀升一次
蹦出一本新的经书

我们虔诚地抄写
仿佛第一次每一次
背后都站立着一个新的文明

书中的句子飞出去
全部成为酒滴

旅行
在大地的壶中痛饮
在朋友头顶飞行
去见他们

噢我看见人类精神绝望地飞升

噢我看见人类精神绝望地飞升
而许多种子睡在宇宙的壁龛里。
庞大的黑夜接替了无数的假黎明!

我看见人的血瘤爬着他们赤字
干瘪的余额壅塞在管道里。
我看见国家在抽搐
意志的缄默碾过

一排排漆黑无声的
以承压为单位的
庶民的抽搐

谁承担这分界以大爆炸为标记的鸿沟?
庶民。

谁能举起这个词
谁就应该飞到银河里
戴上星星的冠冕

你是某个头顶冠冕的天使的儿子,
还是有顿好吃的,就什么都敢干? *
你可曾目睹过静寂彻夜地咆哮, **
一根细细的血管在我视网膜上爆裂。

---

* 曼德尔斯塔姆转述的维庸。
** 朋友韦伯的诗句。

如果蛋糕就化用了足够多的伤感

如果蛋糕就化用了足够多的伤感
我们过量的不知餍足的仁慈
每次都击打在一个铅锤上。
        年
  再度像面粉一样飘落
让你变哑。世袭一样的

变哑。
铅锤仍在击打,(在失准
流出的血仍在起作用。
今夜你捧起蛋糕,
烛油一样

浇筑,心
都是不平的(那么多蜂窝一样
的,疙瘩

祝福都是不洁的
仍在向前抛进
历史预期的隐忍

光,蚯蚓一样回到黑暗
有十根受伤的手指
有十一、二十一
在不可结束处

你填写上（结束）

在铁上你刨挖
氧气。窒息。氧气。

第四辑 生手

2019

出场

——给梅菲斯特书店鲁毅

记住,我的名字叫梅菲斯特
浮士德也是我
我不是什么博士,就是古往今来那游手好
闲的人
除了丰富的性,我不占有别的丰富性
我不占有想象,直接行动
我不但自己行动,还诱惑人们
这是我快乐的一部分
活得没心没肺、冷酷而洒脱
远胜于哭哭啼啼做个善良的人

要把犯罪变得很快乐

而不是屈从于道德和宗教

要习惯于毁灭而非建造

要培植恶在土壤、空气和一切适合它

生长环境的那种丰富

重要的是变得不乏味、有足够的激情

并且捉摸不定

重要的是连天使也要嘲弄

要敢于历险、凌驾他人,甚至不惜成为暴君、强徒

做有活力的人,你的事业千秋万代

你的子孙繁衍无息

今天的祝福就到这里,魔鬼,晚安

祝词

"我可能不属于任何地方
一切是租来的、借来的
我想退还入场券
不要等到谁来讨还。

我还请求赦免,
赦免我在这样的说话。
我能做的就是装作在这里,
同时又装着要逃走。
而实际上连要去哪儿都没想好。

阳光很好,它允许我

不停期待着把事情搞砸
我才不在乎搞砸

作为造物光辉笼罩下的人,
你难道不就是想亲自把事情搞砸吗?
反正你没有真正的主动权。"

难道人的全部不是一种累积?
你突然出现,但并非朝生暮死
各种矛盾在你身上罕见地综合。

"今晨我梦见你的死,
你被绑在地球上
要因为一句话而受刑
你忍着不发出声
也不让他们割下肉
但你还是死了。"

受难日的簧片插满天空,
我惊讶于整整一代人
幸福像心肌梗塞般绞在银河里

在大致已经写好的结局里
人试图穿过光,跳到纸的背面。
道路在有条不紊删改,
你,不妨冷静挣扎。

"祝您活到死,
在棺材里也能响起呼噜声
动物们,祝你进化
祝你叫雨水洗得皮毛光亮
祝您食言而肥
在岁月的隐秘里日益稳健。"

旅程

雾气氤氲过沼泽
你思虑的女神面纱
不绝如缕闪过旅人
疲惫的灯火

有时我在旅途中想起你
瞪着眼睛,像想起
一位无名的大地之神

总会有带着镣锁
勇猛的武士
在时间白色的水汽中

打着呵欠把你掳走

总会有眼神精确
商标一样的女神
在海水中俯身
逼近着将你打量

海胆一样墨绿的月份像被海水蜇住

海胆一样墨绿的月份像被海水蜇住
昨晚看见的弯月亮,在今天变圆
你回家时几乎被路上陌生的老人温情呛死
总有一个时刻世界都在活着
树一样抵住他们结构庞大的枪托
这世界不妨碍我,离子般穿过。
回望,已无可回望,但仍要带着侵略穿过
疾速变换的红灯。
夜,搜索绿色垃圾桶,加倍浇铸的天空。

肥皂

在山洞里我们也不点灯
当友好的灯罩笼住了一切
肥皂、碗碟在黑暗里
脏衣服在地窖里。
六年
像一只断了尾巴的壁虎
祝它别长出新的。

我们抹平了客厅到厨房,榻榻米
到卧室,一切表面上的灰泥
用急于做决定的手。
我总爱头也不回就出门

厌倦说再见。
你总说，袜子在抽屉里
面包在冰箱里，可以明天早餐吃。
可我不喜欢那些发霉的句子和纠缠在
    洗衣机里的纤维
就像泪腺干涸后的矿物质，蒙住梦中
    湿漉漉的甜眼睛。

现在你拉开窗帘又是明天
明天，明天，明天就去离婚吧。

语词本身不暖,语词的磷

语词本身不暖,语词的磷
划不着一根火柴。
冬天,为什么不能是一块粗面包?

曾有过的一切,
两只酒杯,一只耳环
她的脸,放零食的碟子一样咧开。

今天,你把一种强拆
架在天空之上。
一只开关反复按。
在时间中划秘密的磷,

两人加在一起也点不着的
燧石。天空
一道疤痕在咧嘴,沉默。

你剥开锡纸点上

你剥开锡纸点上
仰头喷出一口口白烟
喝下有毒的小号声,酒掺进爵士
和南瓜碎步的都会,一起喝下。

好了历史,对它们统一安排一下
你的微笑。你还可以单手支撑
一座破碎雕像,另一只手
用来摆放太阳,或是平息汪洋。

哑巴,请你听歌
看路灯在为奇异的宁静护航,

是爱人嘴硬的眼神。
一颗黄色的星在指示你走。

冷漠在你身后滋滋作响,燃烧
声嘶力竭的野兽在温顺中学习直立。
这是一支点给未来的引信,
你这样笔直走出去。

今天没有导师,荒野镜子。
背上你绝地的剑
迎向,永不击沉的南十字星。

书店日记

被客人放了鸽子,
重感冒的老板决定,打烊!
多想世界是一个热水炉
快敲捣些热腾腾的烟草来,
煮些南亚的咖啡来。

今天的负伤没有美丽的金钱
世界恰好停在蹑手蹑脚的一个高度。
而你是一只蓝色灰鼠,
坐在自己美丽的头发上回家。

在浦东的原野上像个瘸脚兵士

在浦东的原野上像个瘸脚兵士
我踩着脚下清新
像流血后变黏了一样的原土
在两个世纪之间,
我有过这样猛灌一口烈酒浇下去的疲倦?

来杯冰冻青岛吧
黄袋鼠,柚子味的真露
这散装的灵魂
越来越苍白,抿紧你的嘴一样
不可和解
越来越跌撞也越来越坚固。

今晚我有一堆螃蟹叠在一起的疲惫，
又从中恢复带着凄凉的健康。

你知道终将都告竭了，河流

你知道终将都告竭了，河流
那么轻轻一弹的蛛网，
它并未落在任何一个衣襟上。
散发着寒气的鸟每天掠过这里
在暮光中，娇嫩的石头上
史前女人用裸臂把黑发盘绕。
你从天空借来有力的唇吻
褐色伤口的眼睛窥看，
林泽温柔地呢喃一支旧歌。
从今在路上遇见都是陌路
在二月，三月和十一月
都举着大写的不舍在街上

单独游行。用泪水偷偷模仿河流
浸湿,那黑暗的回忆之塔。
你保留了那块砖,用一些顽固
刻下点什么呢?深夜,
柑橘的一点辛辣为你照亮。

要陷入悲伤是多么容易

要陷入悲伤是多么容易
历史在创造我们不愿意的事物
可它不在乎我们。

沿着一个割树胶的夏天
睡莲和鸽子,七里香
我要把失败的事情掰回来。

空阔、烫热的手掌,
六月加入那种运输,
在历史之手面前阻挡一下
为失败年代的人敬一滴眼泪。

不是一个影子的夏天,
是所有夏天,是游戏手柄可以做
那个选择但不做的夏天

我召唤回未来的自己,
对着后代说———
我没有在阻碍你到来的事情上,

更决绝。但这不构成我
对不住你的理由。
而我依然不会选择移民

不去那或然性更好的地方。
但我会带着你,带着历史
一起坐在这种不成功的地方。

第五辑　绍兴路宇宙

2016—2018

给肖蕊

你百合的泉源
羔羊的肚脐,玫瑰的鼻息
脚踝的酒,凌晨的星光
咿咿呀呀举过肩膀的小囡囡
你去哪了呢

燠热的大地,在灯火中隐藏的村庄
你订好的约呢,为什么流淌着不出声
你日日夜夜的道路呢
为什么脚底磨成了荆棘

地球是泡在宇宙泪眼中的一只柠檬

汹涌着每一粒盐上都抹着羞耻
针尖都烤弯了,挂着穿刺的天使
你们又汩汩流淌着,分娩着
搀扶出新一轮的太阳

致 A（黄钟）

你走得那么快，春天还在地平线上来来回回
星际还在迢递着一张张像报纸一样苍白的
　　清晨
你坐在地球门槛上喝泥土味儿的咖啡

你喝下那甘苦、笑脸和生死以赴
我们又在夜里匆匆看过淮海路
匆匆部署了语言的路线图

你沉着抬起镜片后的笑容、嗓音和宇航护脖
像两只海星一样在海洋胆汁里固定
你漂浮、穿戴着如此是你所是的那个形体

第一首诗

我想看见你,在这个时候
而尤其是在另外一些时候
我看不见你,却总是暗中期待

在小时候,我曾目送过你回家
我思念那个时候的道路
在我没到过的地方你悄悄哭过
长睫毛上卷曲的泪水滴落街道
有一丛弯下腰去的狗尾草

我思念你到过的许多城市的日落
在梦中没来得及展开的许多旅行

而现在,我们总是相逢在人群中
在梦中的大教室被老师批评
在课桌下偷偷拉手,说着话

有一种贫瘠的理想漫溢着我们
日复一日,又被我们轻轻压制
我们总是被鼓励不露声色,而在暗中扶持

总是置身在这样人群的玫瑰中
我看着你,看着你又匆忙离去
那鼓舞、摇晃着装在玻璃纸中的玫瑰

绍兴路宇宙

这一年我已经很少爱普遍的人类
宇宙就是绍兴路,从市场街、饭店再到
　　卧室
周边寥寥分布着几家星星般的书店
我在这里标注了我的范围

这一年我已经忘记有另外的世界
全部就是你们了,全部
漂浮在海面上
柠檬明亮温暖的家园
有一天我会离开上海

夜晚我在手机上雕琢
少女—感到孤独就脱衣服

武士片段

我骑着风来到异乡,
大路上高高飘着招幌。
立秋了,永恒的金色凝固了汗和泪滴。
异乡的大街警惕地打量着我,
这里的男人我还没和他们比试过武艺,
这里的女人我还没和她们睡过觉。

等到邻居们也都成为邻居

等到邻居们也都成为邻居
我就退隐四海。
我要重新整理人种学
搜集那些亚述鼻子和狄金森一样的前额。

第六辑 新年集

2012

新天使

你来了,
时间在爆裂声中划擦
所有向寂静裂变的嘈杂

你来了,
而这里有一种哭哭啼啼的
欢乐,远非你所能理解

到哪儿都是腼腆的灶台
在水汽中透着煎熬
到哪儿都是寒冷,挤压
在夹缝中的一个个泡

噗!花束腐烂在夜空
深黑腐殖层,镶上时间的金边

吃吃大笑
——这当口,税收天使们
在空中吃着硫磺味的饼干。

象征

你是在漆黑中掠过的,
更为漆黑的影子
在慌乱的白昼和黑夜之间
掠过:一阵嗡嗡乱鸣的音符
尖的

今天,你没关门
邻居一家好奇的泊近,打着旗语
飘来试探性的问候:
嘿,先生,嘿,夫人,
还有个虎头虎脑的孩子!
顽皮在向这边张望,又被礼貌扯回

没什么。我保持单身凌乱的礼节,
从宴会拎回半瓶剩酒,
在楼梯上招待吞云吐雾的客人,
我那精神的斗室并没有同住着女友
只有个瘦小的同事在厨房里忙碌。

糖炒栗子裂开冬天的嘴唇,
盐渍云粘住小区蛋壳似的屋顶
很快是家神搬运储存的时节,
可我的绿罐子里空无一物……

飞机轧过云间寂静的道路
很快是橘黄竖起手指
叫街灯全部亮起来的一瞬!
蓝铅笔,在一个经济适用型的冬天里比划

"卢布,我需要卢布!"
如今在北京或彼得堡,到处可以透支信用卡

一个快活的家神,
舔着糖炒栗子开裂的嘴唇在云间飞行,
在把我绿罐子的内径测量。

夜邮

正是城中黝黑的一夜
炼油在地底奔腾
时代和时代的炼金术

帝国银行站在外滩
把阴影里的基准线测量
夜间超市的灯光
从印刷窗口升起,光线
铺进梦游人眼中的街巷

天桥边缘垂下金线草
苹果树围拢菱形的拱顶

那是环球金融中心
迷路的海鸥支起喙
在你的方环中央过夜

一个迷失的福波斯
正把听觉吸盘
贴到城市的肚子上

射线在海湾燃烧
交易数据在地窖中狂跳
在焦渴的黎明
人类血统等着兑换新的变异

牧羊人

我把我的牧羊人领回家
一共六位,
途中叫一位姑娘领走一位,
现在是五位了。

我让她领走她,是因为她懂得他,
我昨晚在路上遇见她的时候就知道了。

我的羊儿弯着蓝色的角,拢在我怀里,
我用一张广告纸暂时包着它们,

我的牧羊人一共五位,羊儿有六只,
现在都睡着了,都是幸福本身。

我在电脑前守着你,
牧羊人蜷着,缩进蓝色的丰饶角。

第七辑　夏日纪事

2008

客村日记

I

这是白色节日
天空的危险舞蹈
风从谷底升起

此刻,道路紧绷
我走在无名刻度的赤道上
不堪之年的夏日
一个尾声……我接纳你,深渊!

III

天空,我被蒙蔽了
你的人民何曾体验到完整、圣洁和真正的崇高?
在那些不曾到过的海洋和欧洲,另一个人他怎能
预约到此刻的幸福、自由和不孤单

今夜,这里是南方,是内陆,是小小锁链
围住的困境,世世代代摇晃的路灯,老鼠
 和蟑螂滋养的大街
那么多人在走的路,你不觉得脏吗?
今夜我有一个微型失败散布在风里,不能
 被翻译
它是另外一种语言。

IV

这无谓的一日,我仍在地层
在每一道紧闭的门前
我手捧一本黑色的书走过

立柱,弯道,黑暗魔法的运输管
风柜!永不衰竭的呜咽

啊这些,那些
偶然的句子在身后追踪着
我没打算躲开

我是游动在碳中黑色的鱼类
脆弱,尖锐,坚持镂空自己,从内部

VI

……可我感激。感激于
不可得亦不可失的虚空,我吞咽
这些极无益的原谅和祝福,
我擦拭一面可能再不使用的镜子

擦过,地铁,市镇
山脉阴冷的墓碑

在一个陌生地方我醒来了,再次攀登
一个无所期待的日子。

我放下了我的脸
狭小也可以是无限

抵达

平原上一齐掠过 —— 白色小花朵
白色小花朵 —— 你为何没有名字

亚洲的水田 —— 鸥鸟在盘旋
—— 盘旋 —— 没有重量

栖息吧 —— 空空的桥墩
—— 巨大,无人问津的赭黄石材

群山撬起的绿色 —— 锥型树冠
—— 旋转而缓缓脱离

夹竹桃 —— 装点铁道沿线
—— 夏天漫长的红色婚礼

大地 —— 黑暗的听觉
天空 —— 黑色的礼服 —— 在飞行

在南方高加索 —— 长江流域的
普罗米修斯 —— 已竖起衣领

石头博物馆 —— 已敞开大门 —— 通行证
—— 忐忑的一张车票 —— 在衣袋中闪烁

流浪 —— 不 —— 我从不使用这类词语
用三个夏天 —— 抵达 —— 抵达 —— 抵达

附录

维索卡 · 戈拉的诗

对命运的改写。那是某一年,G 对我说,我们一起来写俄语诗吧。很快 A 在维基上创建了诗人的条目。

下雨了,郊区姑娘

下雨了,郊区姑娘
你戴着黑色蝴蝶帽去见一个人
黑漉漉的命运正把我们等待

1912

你走吧,这里的早晨有雨

"你走吧,这里的早晨有雨
门铃响了。也可能是闹钟
你走吧,我不再能接纳你了
那些曲解你、赞美你的
都一样盲目,不是吗?

我告诫自己不会再踏入,
我祈祷不可再遇见你。
你不可以再出现
再遇见我会瞎掉。
上次遇见时我没说话,
这就是事物的先兆。

请拿开那些餐具,把门打开
不会再有一个五月了
也不会有六月,只有一月二月。
现在让我开大音乐,盖过雨声
即使相互憎恨,人们还是会听
同一支粉红色的弗洛伊德。"

         1962,顿河

上帝,我是你昨晚输错的一串密码

上帝,我是你昨晚输错的一串密码
是某种打烊状态
挂在你耷拉的眼睑上
我永远不知疲倦
沿着地铁线路逃窜
有时候我渴望掉进你的眼睛里
被稀释掉
被你的泪液漂走,如果你也有眼泪
我是走在电梯上的一个趔趄,
如果想到了心爱的人
在某天等我时,背着背囊
忽然那样浅浅一跳

就进入了我的心。

上帝，我可以在一个爱心专座上坐下来吗？
我想为你写几句话
可我抓不住心
我现在总有一种根深蒂固的沼泽感，
上帝，我还不信仰你
但我总是在呼告你

        1943，列宁格勒

我总是梦见你在坐牢

我总是梦见你在坐牢,我去探你。隔着栅栏沉默地交谈、抽烟。今天在一个醒来的瞬间我意识到,梦才是监狱,栅栏是我带来的,而你向来自由。是你在看守我,带着怜悯、慈爱,而不会弃我于不顾,同时满足我潜在里监禁你的愿望,仅为了可以探视你,陪你抽烟,看你在铁牢里走来走去。多年来你什么也不做,除了为我保留一个囚徒的身份。那些平静的时刻现在忽然被割开,露出骨头,在一些持续低烧的夜里,我想到要结束这一切,我开始失语,反常,甚至迁怒无辜。可能我也根本没正常过,毕竟你还监禁在那里,就在今天,我发觉我想释放了你。或者不如说,释放了自己。就在我忽然感受到力量,沿着街道回家睡觉,像个没事人一样。忽然之间在我们之间不欠那个解释了。

(年代不详)

闪电在午夜令种子灼熟

闪电在午夜令种子灼熟
干燥的大麦被狠狠摁进地里
布尔什维克的雨水中
烈性伏特加和马的鼻息

今夜我们要攻打
一片潮湿的火光
顿河玫瑰色
女人们,快把胸脯撩起

连夜点数掠来的宝物
麦子拿去狠狠糟蹋,拿去喂马

我看见雨水中血流成一条细线
在一个瞬间它们没入河流尽头

只是——那些老爷都去哪了
尼古拉·斯捷潘诺维奇
奥西普·埃米尔耶维奇
噢,时间的过程。

1937

爱一旦怯懦

爱一旦懦弱,
就蜕变成美学或苦行。*
尼古拉,稳坐在围墙上,
高高在上的主编诗歌全书。
耶利米维奇不甘落后,
给青年人写序,"他们是种子",
他吹起一口泡沫,
咕噜喝下慕尼黑的黑啤。
彼得洛维奇,哼哼唧唧,

---

* 化用昆鸟的诗句,原句为:"爱一旦懦弱 / 就变成美学和苦行"。

整天抱怨新时代不适合写诗。
阿谢列耶夫,闯进艺术界
引用瓦尔特·本雅明像抱着
一只大公鸡在打鸣:
"我要震昏这个沉闷的世纪,
让它继续沉闷下去。"
至于我,项目申报不能少,
伸向官员预算的钱袋,我的手
不伸向女学生和助理的衣服就不错了。

那儿远远爬过来的是谁
打折了腿的米哈伊科夫?
噢看不清,你是俄国知识的泥泞,
煤烟,和美学的雄心。

1921

图书在版编目（CIP）数据

晚安早晨 / 亚述著. -- 上海：上海文艺出版社，2025(2025.7重印). --（"巧合"诗丛）. -- ISBN 978-7-5321-9265-6

Ⅰ. I227

中国国家版本馆CIP数据核字第2025KB2627号

责任编辑：张怡宁　贺宇轩
封面设计：昆　鸟
封面插画：苏　端

书　　名：晚安早晨
作　　者：亚　述
出　　版：上海世纪出版集团　上海文艺出版社
地　　址：上海市闵行区号景路159弄A座2楼　201101
发　　行：上海文艺出版社发行中心
　　　　　上海市闵行区号景路159弄A座2楼206室　201101　www.ewen.co
印　　刷：苏州市越洋印刷有限公司
开　　本：1092×787　1/32
印　　张：4.75
插　　页：6
字　　数：69,000
印　　次：2025年5月第1版　2025年7月第2次印刷
Ｉ Ｓ Ｂ Ｎ：978-7-5321-9265-6/I.7267
定　　价：35.00元
告 读 者：如发现本书有质量问题请与印刷厂质量科联系　T:0512-68180628